AF197813

Das Leben
schreibt die Geschichten.
Ich notiere sie nur.

Marie Péporté

Geht doch!

Geschichten,
die das Leben schreibt.

www.tredition.de

© 2020 Marie Péporté
Umschlagfoto: Kerstin Polenske
Bilderquelle: https://pixabay.com
Lektorat, Korrektorat: Dr. Wolf Barth

Verlag und Druck:
tredition GmbH, Halenreie 40-44, 22359 Hamburg

ISBN
Paperback: 978-3-347-21278-7
Hardcover: 978-3-347-21279-4
e-Book: 978-3-347-21280-0

Das Werk, einschließlich seiner Teile, ist urheber-
rechtlich geschützt. Jede Verwertung ist ohne Zu-
stimmung des Verlages und des Autors unzulässig.
Dies gilt insbesondere für die elektronische oder
sonstige Vervielfältigung, Übersetzung, Verbreitung
und öffentliche Zugänglichmachung.

Bibliografische Information der Deutschen Nationalbibliothek:
Die Deutsche Nationalbibliothek verzeichnet diese
Publikation in der Deutschen Nationalbibliografie;
detaillierte bibliografische Daten sind im Internet über
http://dnb.d-nb.de abrufbar.

Inhaltsverzeichnis

1. Die Kleine und ihr erster Schnee

Über Nacht war die Welt weiß geworden. Eine dicke Schneedecke hatte sich über das Land gelegt, auch über den Hof hinter dem Haus, in dem die Kleine auch ohne Aufsicht spielen konnte, da er absolut ausbruchsicher war.

Sie stand staunend am Fenster und zappelte aufgeregt.

„Mama, weißer Sandi, ich will spielen! Mama schnell….“ Hopsend sauste sie im Pyjama zur Tür. Es kostete die Mutter viel Geduld und Überredungskunst, bis die Kleine endlich angezogen war, ihre heiße Schokolade getrunken hatte, und endlich, endlich winterfest verpackt, mit Schippchen und Schäufelchen bewaffnet, in den Hof stürmte.

Lächelnd sahen die Eltern zu, wie sie den allerersten Schnee in ihrem Leben genoss.

Lachend rannte sie hin und her und warf mit Schnee um sich. Als sie genug gerannt war, begann sie eifrig, Schnee in ihr Eimerchen zu schippen und transportierte ihn dann von rechts nach links und wieder zurück. Das alles mit einer Ernsthaftigkeit und dem Eifer eines Kindes, das noch keinen Sinn im Tun finden muss.

Schließlich fing sie an, eine Burg zu bauen, genauso, wie sie es im Sommer im Sandkasten von ihrem Bruder abgeschaut hatte. Dabei waren die Fäustlinge bald im Weg und sie flogen im hohen Bogen in den Schnee. Die Zungenspitze im Mundwinkel festgeklemmt, machte sie sich ans Werk.

Die Eltern hatten dem Treiben bis dahin lächelnd zugeschaut, und wollten sich gerade eine Tasse Kaffee gönnen, als ein markerschreckender Schrei aus dem Hof kam. Sie fanden die Kleine, vor einem Häufchen Schnee kniend, was wohl die Burg werden sollte. Sie schrie „Der Sandi hat mich gebissen! Aber, ich habe nichts gemacht!"

Das sind Momente, an denen Eltern über eine hervorragende Selbstdisziplin verfügen müssen… Lachen ist erst später erlaubt.

2. Aber Rom ist schön… (Teil zwei)

Jeder von uns kennt einige Sprüche der Art: „Das Leben ist bunt", „Die Welt ist ein Dorf", und so weiter. Mit dieser Geschichte kann ich es nur bestätigen.

Eines Tages erhielten wir von einer US-Firma, für die mein Mann und ich tätig waren, eine Einladung zu einem internationalen Firmenevent nach Rom. Da Party bei uns nicht mehr großgeschrieben wird und Großveranstaltungen auch nicht mehr so unser Ding sind, beschlossen wir, unsere Plätze jüngeren Teammitgliedern zu überlassen. Das taten und organisierten wir dann auch. In der Firmenleitung wurde dies anders gesehen und einfach Flüge und Hotel für uns gebucht. Nun gut, dachten wir, dann ist es so. Auf nach Rom!

Schnell stellte ich fest, dass das nicht so einfach wurde. Da unsere Reise vom Ausland her organisiert worden war, und man in Amerika nicht immer genau weiß, wo Luxemburg liegt, mussten wir mit dem Bus nachts um 2:00 Uhr losfahren, um unseren Flieger in Frankfurt zu bekommen. Da war an Schlaf nicht mehr zu denken. Als wir gegen halb acht im Sinkflug über Rom zur Landung ansetzten, der mir einen wunderschönen Blick über den Vatikan und Umgebung erlaubte, musste ich an Pam und ihr Rom-Erlebnis denken. Ach ja, meine Freundin Pamela! Ich lächelte bei dem Gedanken an Pam so vor mich hin und hatte ja keine Ahnung, wie präsent sie in den nächsten Stunden noch werden würde.

Die Mega-Veranstaltung begann eine halbe Stunde nach unserer Landung. Da hieß es, flott zum Hotel, frisch machen, Kleidung wechseln, ins Taxi springen und mit strahlendem Lächeln vor Ort erscheinen. Es musste ja keiner gleich merken, dass ich eigentlich energetisch schon fix und fertig war. Wenigstens eine Tasse Kaffee hätte ich mir gewünscht, ging aber nicht. Erstaunlicherweise trafen wir relativ pünktlich am Ort des Geschehens ein, um festzustellen, dass es eine große Verzögerung des Beginns gab. Na prima, und ich ohne Kaffee! Diesen konnten wir dann doch noch im Foyer kaufen, ebenso ein Brötchen. Selten bekam ich so einen schlechten Kaffee und so ein fades Brötchen. Dank moderner Technik machte eine SMS richtig Sinn, denn wir fanden schließlich unser Team und schnell unsere Plätze und ich konnte endlich ein bisschen entspannen.

Wir hielten den ganzen Tag tapfer durch, lächelten, wirkten dynamisch, führten gute Gespräche, aber als wir dann so gegen 18:00 Uhr den Veranstaltungsort verließen, sackte bei mir alles ab. An erster Stelle der Kreislauf. Ich konnte mich vor Müdigkeit kaum auf den Beinen halten und war sehr froh, als wir endlich im Hotel waren. Ein bisschen neidisch war ich ja schon auf meinen Mann, der das alles viel lockerer wegsteckte. Aber auch bei ihm galt: Nichts geht mehr! Rom hin oder Rom her, wir mussten schlafen. Natürlich wollte unsere junge Truppe noch mit uns durch Rom streifen, Pizza essen und Bummeln gehen. Doch wir stellten schmerzhaft fest: Wir sind nicht mehr Zwanzig. Und so schmerzhaft war es dann doch nicht, denn kaum lagen wir im Bett, schliefen wir tief und fest durch … bis zum nächsten Morgen.

Ausgeschlafen starteten wir in den neuen Arbeitstag. Noch nie habe ich so genussvoll und ausgiebig gefrühstückt. Danach war ich wirklich fit und freute mich auf den Tag und vor allem auf den Abend. Denn, dann würde ich auch Rom sehen können!

Genauso machten wir es dann auch. Als wir mit der Bahn nach Rom hineingefahren sind, lachte Josch, einer unserer Teampartner, plötzlich laut auf. Als ich ihn interessiert fragend ansah, sagte er: „Hier an dieser Station habe ich mich vor Jahren mit meiner damaligen Freundin übel verfahren. Wir saßen in der falschen Bahn und haben zum Schluss auch noch unseren Rückflug verpasst. Eine ganze Nacht mussten wir am Flughafen verbringen…, Was für eine Nacht!", und wieder lachte er laut los.

Meine grauen Zellen wirbelten …. Sollte das möglich sein? … Josch und Pam…. So viel Zufall gab es doch nicht!

„Genau, das ist auch meiner Freundin Pamela passiert", sagte ich. Josch hörte abrupt mit Lachen auf, starrte mich an, um dann erneut in schallendes Gelächter auszubrechen. „Ach die Pam", japste er, „es war eine herrliche, verrückte Zeit mit ihr."

Da waren wir also tatsächlich mit dem Exfreund von Pam ausgerechnet in Rom unterwegs! Wir wandelten jetzt quasi auf Pams Spuren durch Rom, denn immer wieder kam ein Kommentar von Josch. Hier haben wir Pasta gegessen, dort hat Pam sich nach einer Handtasche umgesehen und so weiter…

Es wurde ein herrlicher Abend in Rom! Ich sah das, was ich und gefühlte hunderttausend

Touristen unbedingt an diesem Abend sehen wollten: Den Trevi Brunnen, die Spanische Treppe, das Kolosseum. Letzteres war leider hinter einem großen Gerüst versteckt. Wir schlenderten durch romantische Gassen, sahen Gebäude mit wundervoller Architektur, entdeckten herrliche Schuhgeschäfte und süße Boutiquen, zauberhafte Restaurants. Mir persönlich gefielen die vielen kleinen und großen Dachterrassen mit ihren Blumen, Bäumen und Lämpchen. So etwas würde bei uns nie genehmigt werden. Manche sahen aus, als wenn sie nestähnlich an die Dächer angeklebt wären, aber offensichtlich hielten diese Konstruktionen. Und schließlich haben wir das beste Eis geschleckt, das ich jemals gegessen hatte. Bei allem, was wir taten, war Pam irgendwie bei mir und ich fand das ganz herrlich. Bei allem Stress mit der Anreise, bei aller Müdigkeit, schlechtem Kaffee und faden Brötchen am Veranstaltungsort bleibt eines ganz klar zu sagen: *Aber Rom ist schön!*

3. Da bist du dann sprachlos

An einem lauen Sommerabend waren mein Mann und ich, von einer Geschäftsreise kommend, auf dem Heimweg. Per Auto hatten wir bereits gut 700 km auf deutschen Autobahnen hinter uns gebracht, was ja nicht immer ein Vergnügen ist. Aber diesmal lief es richtig gut. Kein Stau und keine Raser, die einen mit Schallgeschwindigkeit von der Piste fegen. Nein, eine entspannte Fahrt war das, die einfach ihre Zeit brauchte.

Wir waren schon fast zu Hause, da erwischte uns eine gut bekannte Baustellenampel und wechselte flugs von Grün zu Rot, um uns auszubremsen. Das würde dauern. Das wussten wir aus Erfahrung. Mehr oder weniger gelangweilt ließ ich meine müden Augen schweifen. Meine Güte, wie lange es diese Baustelle schon gab. Aber immerhin, die ersten Mehrfamilienhäuser waren bereits fertig und zum Teil auch schon bewohnt. Schöne große Terrassen hatten sie im Erdgeschoß gebaut. Schade dass sie seitlich direkt an der Straße endeten. Aber gut, wenn man in die andere Richtung schaute, konnte man glauben, dass man im Grünen wohnte.

Das dachte sich wohl auch das junge Paar, das ich erblickte. Mir fiel zuerst die sehr schöne, aufwendige Hochsteckfrisur der jungen Frau auf. In der Abendsonne blitzte ihr Ohren- schmuck auf, der sich längs an den Gesichtskonturen bis fast an die Kragen- rüschen ihrer edlen Bluse entlang schmeichelte. Sehr schön sah das aus. Aber irgendetwas störte an diesem Bild. Aha, dachte ich. Es wird der junge Mann sein, der im Sportshort und Unterhemd dasaß und offensichtlich lieber in Ruhe sein Bier trinken wollte, als das Outfit seiner Freundin zu begutachten. Nein, das war es nicht. Was störte denn so im Bild?

Neugierig sah ich mir die Szenerie genauer an. Ich fing bei dem leger gekleideten jungen Mann an. Ok, das passte natürlich wirklich nicht. Sie so hübsch zu Recht gemacht, und er, …na ja. Feierabendbier auf der heimischen Terrasse eben. Nee, das war es nicht. Blick zurück zur Hochsteckfrisur. Alles perfekt. Die Frisur passte genau zu diesen Ohrhängern und der Rüschenbluse. Aber nicht zu diesen **fleischfarbenen** Leggins! Ha, das ging gar nicht, das sah… Moment mal, … da war ja gar nichts! Ich war blitzartig hellwach und schärfte meinen Blick nochmals. Da war wirklich nichts! Die junge

Frau stand mit **nacktem** Po quasi auf der Hauptstraße! Ich kuckte nochmals hin, denn ich konnte nicht glauben, was ich da sah. Ich holte tief Luft und brachte nur ein: „Da, schau…, ick gloob`s nich" heraus. Genau in diesem Moment sprang die Ampel auf Grün und mein Mann fuhr los.

„Was ist denn?", fragte er mich leicht genervt.

„Die Frau mit der Hochsteckfrisur."

„Hab ich nicht gesehen. Was ist denn mit ihr?"

„Sie war unten…." Es ging nicht, ich konnte es nicht sagen, mein Gehirn weigerte sich offenbar, zu glauben, was meine Augen gesehen hatten.

„Was war sie?", versuchte es mein geduldiger Mann nochmals.

Und dann hat es mich gerissen. Ich musste einfach nur noch lachen, konnte mich gar nicht mehr einkriegen. Versuchte zwischen Lachen und Luft holen zu erzählen, was ich gesehen hatte. Ich wollte es so dezent wie möglich ausdrücken, aber mein Mann brachte es schließlich auf den Punkt.

„Da stand eine Frau mit nacktem Arsch auf der Hauptstraße?"

Das gab mir lachtechnisch den Rest.

Es gibt Situationen, die kann man nicht wirklich beschreiben, da bist du dann einfach nur sprachlos.

4. Die Leiche neben dem Bett

Mitten in der Nacht wachte meine Freundin Pamela auf. Etwas hatte ihre Wange berührt, oder besser gesagt, getätschelt. Halbwach vernahm sie die Stimme ihres Sohnes Tim.

„Mama, wach auf, bitte!", flehte er flüsternd mit zitternder Stimme. Pam hievte sich endgültig aus dem Tiefschlaf.

„Was ist denn?", murmelte sie.

„Komm schnell, neben meinem Bett liegt eine Leiche.", flüsterte Tim. Pam schärfte ihren Blick und sah Tim an. Er war blass und seine Augen waren angstgeweitet.

„Was?", fragte Pam nach.

„Eine Leiche…, genau neben meinem Bett!" Leichte Panik machte sich in Tims Stimme breit.

„Quatsch, da liegt keine Leiche."

„Doch, schau doch selber nach!"

„Was ist denn los?", fragte Pams Ehemann, der inzwischen halbwach war.

„Neben Tims Bett liegt eine Leiche.", erklärte Pam.

„Ach so." war die gemurmelte Antwort, und schon schlief er weiter.

„Mama, was ist denn jetzt…?"

Pam rutschte zur Bettmitte und hob die Decke hoch.

„Komm ins Bett, Du hast schlecht geträumt."

Obwohl Tim kurz vor seinem 14. Geburtstag stand, nahm er sowohl die Erklärung, als auch das Angebot dankbar an.

An Schlaf war aber nicht zu denken. Alle paar Minuten schnellte Tims Kopf aus dem Kissen und er starrte zur Tür.

„Oh, Tim, was ist denn?", wollte Pam wissen.

„Die Tür ist nicht ganz zu, ich glaube, da ist wer…"

„Da ist keiner, bitte mach die Tür zu und dann ist gut, wirst sehen.", beruhigte Pam.

Beim ersten Weckerklingeln sprang Tim aus dem Bett und verschwand sofort im Badezimmer. Um nichts in der Welt wollte er sein Zimmer alleine betreten.

Guter Dinge ging Pam in Tims Zimmer, um ihm frische Wäsche zu holen und natürlich auch, um ihm zu demonstrieren, dass da nichts ist. Sie erstarrte mitten in der Bewegung. Neben Tims Bett lag seine Bettdecke und darunter zeichnete sich ein Körper ab. Was immer das ist, eine Leiche kann es doch nun wirklich nicht sein, dachte Pam, und mit Schwung zog sie die Bettdecke weg. Da lag Tims Rucksack, diverse Schüsselchen mit Resten von Chips und Schockolinsen, ein Häufchen Schmutzwäsche und Turnschuhe.

Es war Tims Unordnung, die ihm diesen Schrecken eingejagt hatte, aber verstehen konnte Pam das gut. Sie hatte es ja selber gesehen.

Ordnung führet zu allen Tugenden!
Aber was führet zur Ordnung?"
(Georg Christoph Lichtenberg)

5. Geburtstagsüberraschung

Meine Freundin Pamela und Ihr Göttergatte, wurden von einer Freundin zu einer Überraschungsgeburtstagsfeier für deren Lebensgefährten nach Hamburg eingeladen.

Da dieser auf Geschäftsreise war und erst am Tage seines Wiegenfestes zu Hause eintreffen würde, konnten Pam samt Ehemann und Hund bei besagter Freundin übernachten.

Pams Freundin arbeitet beim Fernsehen und musste an jenem Abend die Gäste einer Talk Show betreuen. Pam und ihr Mann wurden eingeladen und durften im Publikumsbereich Platz nehmen. Pams Freundin achtete genau darauf, dass sie nicht zu sehr im „Publikums-kameraschwenk" saßen, damit das Geburts-Tagskind sie nicht sehen würde. Denn, das wusste sie, er würde sich diese Sendung anschauen.

Für Pam war es eine spannende Ange-legenheit zu sehen, wie so eine Talk Show gemacht wird. Die vielen Spots und Kameras beeindruckte sie sehr. Nie hätte sie vermutet, was alles im Stillen hinter der Kamera los war, wenn so eine Sendung lief.

Kurz bevor es losgehen sollte, erschien eine junge Frau mit Mikro, erzählte den Ablauf der Sendung und erklärte dem geneigten Publikum, was die Fernsehanstalt von ihm erwartete: Bitte interessierte Gesichter machen, freundlich kucken und nicht winken, wenn die Kamera vorbei schwenkt usw. Dann wurde das Publikum noch ein bisschen kameragerecht zusammengerückt und umgesetzt. Auch Pam und ihr Mann wurden ein paarmal gebeten, andere Plätze einzunehmen. Am Ende saßen sie dann in der ersten Reihe genau im vollen Bild… und das über die gesamte Sendezeit!

Verzweifelte Blicke zu ihrer Freundin konnten das auch nicht mehr ändern. Diese schlug zwar dramatisch die Hände über dem Kopf zusammen, aber da fing auch schon die Sendung an. Pam versuchte, so auszusehen, als wäre sie gar nicht da, doch bald fesselten sie die Themen der Show, sie entspannte sich, genoss es einfach, da zu sein und erfüllte somit automatisch den Wunsch der Sendeanstalt.

Bei einem sehr späten Abendessen haben Pam und ihre Freundin herumgesponnen, was das Geburtstagskind sich wohl gedacht hat, Pam samt Anhang in der Sendung zu sehen. Ob es ihm klar sei, dass sie beide, also Pam und ihr

Mann, zur Überraschung für ihn gehörten, es somit also gar keine mehr war. Aber vielleicht glaubte er ja doch an einen Zufall... und so weiter und so fort.

Am nächsten Nachmittag kam das Geburtstagskind pünktlich zu Hause an. Pam und ihr Mann lauerten hinter der Bürotür und warteten auf das verabredete Zeichen, um dann „Happy Birthday" singend im Flur zu erscheinen. Die Überraschung war gelungen. Das Geburtstagskind hatte vor Freude Tränen in den Augen und Pam und ihre Freundin gleich mit.

Natürlich hatte er sich die Sendung angeschaut. Aber, da er nun wirklich nicht mit Pam und / oder ihrem Mann gerechnet hatte, hat er sie auch nicht wahrgenommen.

„Dabei weiß ich doch, dass man mit Pam immer rechnen muss!", war sein Schlusskommentar.

6. Gefährliche Neugier

Der Großvater war neugierig wie kaum ein anderer. Nachdem er Pensionär war, kam manchmal die Langeweile in ihm hoch und diese förderte seine Neugier noch mehr.

Sobald sich auf der Straße etwas bewegte, stand er auch schon auf dem Balkon, um zu schauen, was denn da los war. Auch wusste er genau wer, wann, und meistens auch, wieso der eine oder andere Nachbar gerade mit dem Auto wegfuhr oder ankam.

Großmutter ließ ihn machen. In der Zeit, die er auf dem Balkon verbrachte, erzählte er ihr wenigstens nicht, wie sie ihren Haushalt besser organisieren könne, oder noch schlimmer, dass er ihr helfen wolle. Nur, wenn er von ihr auch noch einen Kommentar zum Geschehen vor der Haustür wünschte, konnte es passieren, dass ihr der Kragen platzte.

An einem wunderschönen warmen Sonnentag hatte offenbar die halbe Nachbarschaft nichts Besseres zu tun, als im abgesprochenen Zeitraum unter Großvaters Balkon zu flanieren. Kaum saß er im Sessel, musste er wieder raus auf den Balkon, um zu sehen, ob es was zu sehen gab. Großmutter ließ ihn gewähren und machte ihre Hausarbeit.

Während Großvater auf dem Balkon stand und endlich mit einem vorbeikommenden Nachbarn ein Schwätzchen halten konnte, schob Großmutter die Balkontür zu, um auch diese wieder einmal zu putzen. Als sie gerade in der Küche war, um frisches Wasser zu holen, gab es einen lauten, dumpfen Knall! ???

Großvater war mit voller Wucht mit dem Kopf gegen die geschlossene Balkontür gedonnert, und es zeigte sich bereits der Ansatz einer ordentlichen Beule auf seiner Stirn.

Großmutter rannte natürlich sofort hin, half ihm in den Sessel und bereitete ihm einen Eisbeutel, den sie ihm gegen die Stirn presste, damit die Beule sich in Grenzen hielt.

„Was machst Du aber auch für Sachen?", schimpfte Großmutter liebevoll.

„Wieso ich?", polterte Großvater. „Du bist schuld!"

„Also, das überrascht mich jetzt doch. Wieso habe ich an Deiner Beule Schuld?"

„Ja, was mußt Du denn auch die Glasscheibe so sauber putzen. Das hat mich in Gefahr gebracht!"

Großmutter antwortet wie aus der Pistole geschossen:

„Nicht die Scheibe hat Dich in Gefahr gebracht, sondern Deine Neugier!"

7. Keinen Schritt weiter!

In Berlin besteht, wie fast überall, Leinenzwang für Hunde. Nur in explizit ausgeschilderten Hundeauslaufgebieten gilt der Leinenzwang nicht. Allerdings steht nirgendwo geschrieben, wie so eine Hundeleine auszusehen hat und wie lang, oder kurz sie sein muss.

Mein Rüde Robin, seines Zeichens Hütehund-Mischling, war vom Welpenalter an, an meine „**Mentale Leine**" gewöhnt. Das funktionierte ausgezeichnet, zumal Robin wohl mehr Sorge hatte, er könne mich verlieren, als ich ihn. Ohne Leine konnte ich mit ihm quer durch Berlin marschieren, ohne die geringsten Bedenken, dass er unerlaubt über die Straße sauste, Tauben hinterherjagte, oder ähnlichen Blödsinn anstellte. All das hob er sich für Feld, Wald und Flur auf und da durfte er es ja auch.

Eines Tages beschlossen wir einen Ausflug ans Wasser zu machen. Das Wetter war hervorragend, die Stimmung gut und wir konnten unserem auswärtigen Besuch die Naturseite von Berlin zeigen. Nachdem wir dann doch länger als geplant am Wasser entlanggewandert waren, beschlossen wir, die Abkürzung durch den

Schlosspark zu nehmen, damit wir unser Berlin-Programm zeitgerecht absolvieren konnten.

Die Idee war gut, fanden wir. Der dortige Parkwächter wohl nicht. Der stand plötzlich, wie aus dem Boden geschossen, mitten auf dem Weg und sah mich mit bohrendem Blick an. (Wieso eigentlich **mich**?)

„Tach, auch", sagte er forsch.

„Guten Tag", erwiderte ich freundlich und wollte ihn umrunden.

Er machte einen Ausfallschritt und stand wieder vor mir.

„Leine!", sagte er.

„Bitte?", fragte ich verwundert.

„Wo ist Ihre Hundeleine?"

„Ah, die ist zu Hause", antwortete ich wahrheits- gemäß.

„Hier herrscht Leinenzwang!"

„Ich habe meinen Hund an der Leine!" Ich dachte, versuchen kann ich es ja mal.

„Ich sehe keine."

„Ich habe den Hund an meiner **mentalen** Leine." … Mal schauen, ob es klappt.

„Wat für ´n Ding?"

„Na, er gehorcht sehr gut. Wie Sie sehen, bleibt er artig neben mir, streunt nicht durch die Rabatten und pinkelt die Schlossmauer nicht an." Es klapp wohl doch nicht, merkte ich.

„Reicht mir nicht. Nehmen Sie den Hund sofort an die Leine."

„Ich habe keine Leine."

„Wo ist Ihre Leine denn?"

Boh… das hatten wir doch schon. Unsere Besucher amüsierten sich köstlich und harrten gespannt der Dinge, die nun kommen sollten.

„Zu Hause."

„Sie gehen keinen Schritt weiter, wenn Sie den Hund nicht anleinen!"

„Würde ich echt gerne machen, aber ich habe keine Leine dabei."

„Dann nehmen sie eben ein Seil oder ihren Gürtel."

Was für ein Optimist! Ich stand in einem leichten Sommerkleid vor ihm … kein Gürtel und schon gar kein Seil in meiner Nähe.

„Ich habe keinen Gürtel."

„Das ist mir egal. Leinen Sie bitte sofort den Hund an."

Jetzt wurde es mir zu blöd.

„Hören Sie, ich habe keine Leine dabei, ich trage, wie Sie sehen können, keinen Gürtel und ein Seil habe ich auch grad nicht dabei. Von hier bis zu meinem Wagen sind es ungefähr zweihundert Meter. Sagen Sie mir einfach, was ich wegen meines Vergehens zahlen muss, ich zahle gleich und in bar und anschließend verlassen wir sofort den Park."

„Sie gehen hier keinen Schritt weiter, bis Ihr Hund angeleint ist."

Nun wusste ich auch nicht mehr weiter. Hilfesuchend schaute ich meine Begleiter der Reihe nach an. Diese schauten interessiert zurück und waren offensichtlich gespannt, wie ich aus der Nummer rauskommen würde.

„Ich kann meinen Hund aber nicht anleinen. Weder mit einer Leine, noch mit Gürtel oder Seil. Was soll ich nun Ihrer Meinung nach machen?" Ich war knapp davor, meine gute Laune zu verlieren.

„Ich sag es zum letzten Mal! Leinen Sie sofort Ihren Hund an. Wie Sie das machen, ist Ihnen überlassen."

„Ok, wo ist die Kamera?", fragte ich.

„Welche Kamera?", irritiert sah der Parkwächter mich an.

„Wir sind doch jetzt bei ´Verstehen sie Spaß´, oder etwa nicht? Wie dem auch sei, ich gehe jetzt. Tschüss", sagte ich freundlich und ging blitzschnell um ihn herum und stracks Richtung Parkausgang. Mein Besuch heftete sich an meine Fersen.

Und ob Sie es glauben oder nicht: Hinter uns rief der Parkwächter donnernd: „Nehmen Sie sofort den Hund an die Leine!"

8. Nostalgie mit Hühnerkeule

Neulich verschlug die Arbeit meine Freundin Pamela in die sogenannten „Neuen Bundesländer". Die gesamte Arbeitsgruppe war in einem alten Kloster untergebracht, das, nach Pams Angaben, seit DDR-Zeiten keinen Pinselstrich Farbe oder ähnliches mehr bekommen hatte. Offensichtlich war jegliche Sanierung spurlos an dem Kloster vorbei gegangen. Dies bedeutete unter anderem auch: nächtliche Wanderungen zu der Flurtoilette mit eventuellem Anstehen im Halbdunkel. All das konnte der Gruppe jedoch die gute Laune nicht verderben. Man fühlte sich in die frühe Jugend zurückversetzt. Verstärkt wurde dieser Eindruck zusätzlich dadurch, dass das gemeinsame Mittagessen in der Kantine des benachbarten Gymnasiums erfolgte.

Artig nahm sich jeder ein Tablett und stellte sich hinten an der Warteschlange an. (Es wurde berichtet, dass diese Situation früher in dieser Gegend „Sozialistische Wartegemeinschaft" genannt wurde). Dies gab Pam Zeit, sich umzusehen. Alles sah so aus, wie es bestimmt schon vor fünfzig Jahren aussah. Na ja, das ist vielleicht ein bisschen übertrieben, kommt dem trotzdem sehr nah. Das Essen bestand aus sehr, sehr rustikaler Hausmannskost. Mit Mehlsoßen und pampigem Gemüse wurde jede Fleischbeilage gnadenlos erschlagen.

Schließlich blieb der Blick von Pamela fasziniert an der Frau hängen, die für die Essen-austeilung zuständig war.

So stellt Hollywood sich ein russisches „Flintenweib" vor: Groß und kräftig gebaut, dunkle Haare, streng nach hinten gekämmt, was die groben Gesichtszüge noch grober wirken ließ. Dazu ein unfreundlicher Blick und heruntergezogene Mundwinkel. Nach Pams Beschreibung hätte ich als Kind vor der Frau garantiert Angst gehabt.

Als Pam endlich an der Reihe war, sagte sie vorsichtig höflich: „Kartoffeln und Gemüse, bitte." Sie wollte sich die Mehlsoße nicht antun und ihr Fleischkonsum geht eh gegen Null. Mit barscher Stimme fragte das Flintenweib:

„Hühnerkeule oder Boulette?"

Pam verstand nicht ganz und sagte wieder:

„Kartoffeln und Gemüse, bitte."

„Hühnerkeule oder Boulette?", donnerte es zurück. Hinter Pam waren die ersten, nicht mehr zu unterdrückenden Prustanfälle zu hören. Aber Pam hielt durch und sagte freundlich:

„Nein danke, ich will wirklich nur Kartoffeln und Gemüse."

Das Flintenweib starrte einen Moment hilflos ins Nichts. Dann fragte sie:

„…und was soll ich nun mit der Hühnerkeule machen?"

„Nun, da freut sich doch bestimmt jemand darüber.", versuchte Pam einen Ausweg für das entstandene Problem aufzuzeigen.

Wortlos bekam sie ihre gewünschten Kartoffeln und das Gemüse.

Am nächsten Tag standen unter anderem Maultaschen auf dem Speiseplan. Wie auch schon am Vortag, standen alle brav in der Reihe und warteten geduldig, bis sie an der Reihe waren. Pam überlegte sich, dass sie eigentlich gerne mal eine Maultasche kosten würde, und äußerte ihren Wunsch dement- sprechend.

„Kartoffeln und Gemüse bitte, und wäre es möglich **eine** Maultasche zu bekommen?"

Schweigend blickte das Flintenweib Pam an.

„Eine Maultasche?", versuchte Pam es noch einmal, was wieder zu Heiterkeitsausbrüchen bei den Wartenden führte.

Nach gefühlten zwei Minuten kam wieder Bewegung in das Flintenweib.

Mit kräftigem Schwung füllte sie Pams Teller mit Kartoffeln und Gemüse, reichte ihn ihr und donnerte:

„Eine Maultasche geht nicht. Sind abgezählt!" Sagte es und wendete sich sofort dem Nächsten zu.

Pam hat die Logik dieser Frau und dieser Situation bis heute nicht verstanden, aber… man muss ja auch nicht alles im Leben verstehen.

Ab dem dritten Tag haben Pams Gruppe dann jeden Abend zusammen gekocht. Zwar mit einem leichten Bedauern, denn die kleinen „Auseinandersetzungen" mit dem Flintenweib lechzten nach Fortsetzung.

Aber, wer will schon jeden Tag Kartoffeln und Gemüse?

9. Ordnung muss sein

Sie stammte aus Prag und war Doktor der Psychiatrie. Ihre Anerkennung lag noch zur Bearbeitung bei den zuständigen deutschen Ämtern. Sie war eine offene und quirlige kleine Person, von gerade mal ein Meter sechzig und dachte nicht im Traum daran, Däumchen drehend auf die Zulassung als Ärztin zu warten.

So kam es, dass sie sich in einem Hotel als Zimmermädchen einstellen ließ, und sie fand dies äußerst spannend. Was konnte man doch dabei für außergewöhnliche Menschen und Situationen kennenlernen!

So auch an einem schönen Maitag. Die ersten, ihr zugeteilten Hotelzimmer waren von ihr schon auf Vordermann gebracht worden. Das Übliche: Aufräumen, Betten machen, Bad putzen, Staub wischen, Durchsaugen, Kontrollgang und fertig. Doch im nächsten Zimmer blieb sie erstaunt stehen. Dass es bewohnt war, wusste sie, aber das war nur an den ordentlich hingestellten Utensilien im Badezimmer zu erkennen. Die Betten waren akkurat gemacht worden, das Badezimmer wies keinen Wasserspritzer auf, obwohl sie an der feuchten Luft und dem Geruch von Shampoo und Duschgel erkennen konnte, dass hier geduscht worden war. Die Hand- und Badetücher hingen in militärisch anmutender Anordnung an ihrem dafür vorgesehenen Platz. Eigentlich gab es in diesem Zimmer nichts zu tun. Vielleicht den nicht vorhandenen Staub wegwischen und den sauberen Teppich absaugen? „Ordnung muss sein!", murmelte sie und begann vorschrifts- mäßig ihre Arbeit.

Als sie einige Zeit später den Flur entlang zum Fahrstuhl strebte, um ihre wohl verdiente Pause anzutreten, kamen auch just aus jenem ordentlichen Zimmer zwei junge Männer heraus und gesellten sich zu ihr, um auf den Fahrstuhl zu warten. Dieser kam und alle drei stiegen ein. Verstohlen sah sie sich um. Nun, wenn man ein Meter sechzig misst, dann ist fast jeder Erwachsene größer als man selbst. Aber diese beiden Kerle waren sehr, sehr groß und breit noch dazu. Dass es Sportler sein mussten, war ihr sofort klar. Leise fingen die Männer an, sich zu unterhalten. Aha, Russisch! Das konnte sie. Lächelnd sah sie zu ihnen auf und grüßte freundlich. Erfreut, dass jemand ihre Sprache sprach, entstand ein kleines Gespräch. Sie seien Brüder, erzählten sie, und dass sie zu einem Boxkampf nach Deutschland gekommen seien. Zwar würde nur einer von ihnen boxen, aber sie seien immer zusammen unterwegs. Das stärkt den jeweils boxenden Bruder, betonten sie.

Lächelnd sprach sie die Brüder auf das ordentliche Zimmer an. „Das müsst ihr nicht aufräumen, dafür bin ich da." Darauf erhielt sie eine verblüffende Antwort. „Nein, das ist eine Sache des Respekts, Ordnung muss sein."

Der Fahrstuhl war in der Hotelhalle angekommen, die Brüder stiegen mit einem freundlichen Gruß aus.

Die beiden werden es schaffen! Die werden bestimmt mal Champions, dachte sie.

Und, sie sollte Recht behalten!

10. Ricky, ihr Trainer und die Maus

Meine Hündin Ricky hatte einen etwas ungewöhnlichen Start in ihr Hundeleben. Da sie für die Jagd untauglich war, wurde sie im zarten Alter von ungefähr drei Monaten brutal aus einem fahrenden Auto heraus am Waldesrand entsorgt. In diesem Wald schlug sie sich dann ein knappes Jahr durch, bis sie schließlich zu mir kam. Gesichtet wurde sie immer wieder, ließ sich aber nicht einfangen. Von Menschen erwartete sie offensichtlich nichts Positives mehr.

Da sie aber, wie schon erwähnt, jagduntauglich war, blieb ihr nur das Mäuse- und Schmetterling-Fangen zum Überleben. Das allerdings beherrschte sie perfekt, und es war schwer, ihr dies wieder abzugewöhnen. Bei den Schmetterlingen ging das relativ schnell, bei den Mäusen nie wirklich.

Auch spielte sie nie so, wie Menschen sich vorstellen, dass ein Hund spielen soll. Das glaubte mir ihr Hundetrainer nicht. Sie brauche nur ein bisschen Training von ihm, meinte der Experte. Und so zitierte er uns zu einer

Einzelstunde auf den Übungsplatz, der gut mit einem Zaun herum gesichert war.

Er öffnete dort eine große Kiste, die bis zum Rande mit schönem, buntem Hundespielzeug voll war. „Jetzt zeige ich Dir, dass Dein Hund sehr wohl spielt.", sagte er voller Überzeugung zu mir.

Ich bedauere sehr, dass ich damals keine Kamera dabeihatte. Denn was nun kam, hätte uns Millionen Klicks im Internet eingebracht. Der Trainer lockte, befahl, säuselte, schmiss sich auf die Erde, rannte seinen Bällen selber hinterher und Ricky saß da und schaute seinem Treiben staunend zu. Man sah ihr an, dass sie sich köstlich amüsierte, doch sie rührte sich nicht vom Fleck. Aber, so schnell wollte der Trainer nicht aufgeben. Er machte einige Gehorsam-Übungen mit ihr, die sie akkurat befolgte. Schließlich legte er sie neben sich ab - so heißt das, wenn die Hunde ruhig liegen- bleiben müssen -, um mir zu erklären, wie wir weiter verfahren sollen. Dazu kam er aber nicht. Neben Ricky wagte sich eine Maus aus ihrem Loch und blitzschnell hatte meine Hündin sie erlegt. Der Trainer schrie sofort: „Aus, aus, aus!" Aber auch die dreimalige Wiederholung führte ihn nicht zum Ziel. Ricky, immer noch mit der Maus in der Schnauze, sah ihn nur irritiert an. Hilfesuchend blickte sie zu mir, aber ich hielt mich fein aus dieser Sache raus.

„Sie hat eine Maus erlegt, hast Du gesehen, wie schnell sie ist? Das gibt es doch nicht!" Ehrlich gesagt, ich hatte es nicht gesehen und war überzeugt, dass Ricky eine bereits tote Maus gefunden hatte. Das äußerte ich dann auch genauso.

„Nun ist aber gut!", polterte der Trainer. „Ich stehe doch genau daneben, ich habe es doch gesehen!" Zum Zeichen, dass ich ihm glaubte, hob ich beide Hände und sagte einfach mal nichts. Ich war ja gespannt, wie die Sache ausgehen würde.

Beherzt nahm der Trainer Ricky die Maus aus dem Maul, was sie sich ungern gefallen ließ. Und als er die Maus am Schwanz hochhielt, um sie mir zu zeigen, sprang Ricky hoch, klaute die Maus und raste davon. Der Trainer rannte schimpfend auf dem Platz hinterher. Den Befehl zum Grundgehorsam beherrschte Ricky schon und blieb schließlich auf Kommando stehen. Der Trainer nahm ihr wieder die Maus weg und warf sie im hohen Bogen über den Zaun in das benachbarte Feld.

Nun war erst was los! Ricky gab Töne von sich, die ich nicht wirklich beschreiben kann, irgendwas zwischen einer quietschenden Tür und einem kreischenden Teenie, die aber richtig imponierend waren. Dazu hopste sie wie ein Ball umher, mit allen vier Pfoten gleichzeitig in der Luft. Diese Töne, die sie von sich gab, und ihre Körpersprache waren absolut unmiss-verständlich: **ICH WILL MEINE MAUS ZURÜCK!!!**

Ende vom Training!

Ricky klebte am Zaun und ließ sich nicht wegrufen. Das ganze Hundespielzeug hatte sie eh nicht interessiert und überhaupt, mit diesem Mäusedieb wollte sie erst mal nichts mehr zu tun haben. Sie ignorierte ihn völlig.

Es dauerte eine knappe Woche, bis sie ihm verziehen hatte und ihm wieder in die Augen sah.

Der Trainer hat nie wieder versucht, „normal" mit Ricky zu spielen. Er akzeptierte und respektierte sie so, wie sie war und ist – eben ein spezieller Hund, mit Charakter.

Seitdem sind sie Freunde.

Hunde haben etwas,
was vielen Menschen fehlt,
Charakter.

11. Schon wieder eine Sonnenfinsternis

„Schon wieder!", hätte ich beinahe ausgerufen. Mir kommt es so vor, als wäre die letzte Sonnenfinsternis, die die erste meines Lebens war, erst vor ein paar Wochen gewesen. Ja gut, heute am 20.03.2015 ist es „nur" eine partielle, aber, bitteschön, 75-85% ist doch schon was.

Und doch, irgendwie kam und ging die Sonne heute, und das war es dann auch. Gut, es wurde etwas dunkler und auch kühler, aber weder stürzte mein Klapprechner ab, noch fiel der Strom aus. Es wurde einfach wieder hell und gut war`s. Was hatte ich eigentlich erwartet? Genau das, was passiert ist, nämlich nichts. Das Schauspiel brachte mir aber viele Erinnerungen zurück. An damals, am 11.08.1999 in Berlin. Was haben die Medien im Vorfeld alles berichtet! Von Computerabstürzen, Banken, die nie wieder ihre Konten einsehen könnten, bis dahin, dass die Weltraumstation MIR täglich anderswo abstürzen sollte, zum Schluß hieß es, über Paris. Und dabei hatten die Brandenburger sich schon so auf die MIR vorbereitet. Nein, natürlich haben sich weder die Pariser noch die Brandenburger auf einen Absturz der MIR vorbereitet! Es hat kein Mensch all diese Nachrichten ernst genommen. Jedenfalls keiner, den ich persönlich kannte.

Zurück zum 11.08.1999, zurück nach Berlin. Wir hatten uns rechtzeitig spezielle Brillen besorgt, und ich als Chefin hatte meiner Mannschaft für dieses Ereignis Freistunden gewährt. Alles andere wäre ja wirklich gemein gewesen.

Gegen Mittag war es dann soweit. Mit dem, was dann geschah, hätte ich niemals gerechnet. Damit meine ich nicht das Schauspiel am Himmel. Wir hatten großes Glück: Die Wolken hatten sich verzogen und wir bekamen somit freien Blick auf das Naturschauspiel. Ein Großteil Deutschlands lag ausgerechnet an dem Tag unter einer geschlossenen Wolkendecke.

Es war atemberaubend, spannend und auch ein klein bisschen unheimlich. Plötzlich hörten die Vögel auf zu singen und mit zunehmender

Dunkelheit wurde es unangenehm kühl. Es dauerte eine Weile, bis ich mir der Stille um mich herum bewusst wurde. Berlin lebt Tag und Nacht und somit ruhen die Stadtgeräusche nie. Jetzt taten sie es. Die Autos sind einfach mitten auf der Straße stehengeblieben. Fahrer und Beifahrer waren ausgestiegen und sahen zum Himmel. Keiner schimpfte, keiner hupte, alle taten das Gleiche. Ich sah mich fasziniert um. Die Türen der Geschäfte standen offen, die Menschen standen davor, offensichtlich, ohne auch nur einen Gedanken an einen eventuellen Diebstahl der Waren oder der Kasse zu verschwenden. Es war so friedlich! Je dunkler es wurde, umso friedlicher wurde es. Zum Schluss flüsterten wir alle nur noch, warum auch immer.

Nach und nach wurde es wieder heller und wärmer, die Vögel fingen wieder an zu singen, und damit war der Zauber des Friedens verschwunden. Autotüren klappten, Motoren wurden gestartet, das erste Hupen war zu hören … es war vorbei, der tägliche Wahnsinn einer Großstadt begann wieder.

Heute ist es mir noch einmal ganz klar-
geworden, was mich damals so fasziniert hat.
Dieses wunderschöne Gefühl von Frieden!

12. Überraschende Meisterprüfung

Meine Freundin Pamela erzählte mir dieser Tage eine wunderschöne, wahre Begebenheit, die aus einem Film stammen könnte.

Eine liebe Freundin von ihr, hatte es in der Kindheit nicht leicht und kämpfte ihr Leben lang gegen eine dominante Mutter und einen leicht überheblichen kleinen Bruder an. Da für die Mutter nur der Sohn zählte, war für ihn immer klar, dass seine Schwester etwas beschränkt sein mußte. Das ist natürlich nicht so, aber selbst nachdem die Mutter verstorben war, kam Pam´s Freundin, nennen wir sie einfach mal Anna, nicht gegen ihren Bruder an.

Da das Leben an sich ja humorig ist, kam es dazu, dass die Geschwister in der gleichen Schule Unterricht gaben. Der Bruder ist, wie könnte es auch anders sein, ist der Direktor dieser Schule und quasi der Chef von Anna.

Dann kam der Tag, an dem Anna ihre Klasse durch eine wichtige Prüfung bringen musste. Das Ganze spielte sich vor einer Jury ab und in dieser

Jury saß nicht nur der Bruder, sondern auch der gefürchtetste Prüfer des Landes. Prinzipiell machte er die Lehrer zur Schnecke, fand immer etwas zum Kritisieren und tat das auch lautstark. Anna hat sich ein Jahr lang vor diesem Termin gefürchtet. Schon Monate vor der Prüfung konnte sie vor Aufregung nicht mehr essen und trimmte ihre Klasse, so liebevoll wie möglich auf diesen Tag hin.

Als der große Tag endlich da war, war Anna auf den Punkt vorbereitet. Sorgfältig hatte sie ihre Garderobe ausgewählt, war beim Friseur und freute sich über ihre schlanke Figur, die durch diese Aufregung als schöner Nebeneffekt herausgekommen war. So gewappnet trat sie also vor die Jury, um ihre Schelte abzuholen. Alle Lehrkräfte, die vor ihr dran waren, wurden, wie erwartet schon zusammengestaucht. Anna war nun auf alles gefasst, nur nicht auf das, was dann passierte.

Der Prüfer sah sie an und fing damit an, dass er die gute Vorbereitung der Schüler lobte. Alle hatten mit sehr guten Noten bestanden. Er bezeichnete sie als tolle Lehrerin und ermunterte sie, so weiter zu machen. Annas Blick fiel auf ihren Bruder. Er saß da, starrte sie an und es hätte nur noch gefehlt, dass ihm der Mund offen gestanden bliebe. Noch nie wurde eine Lehrkraft von diesem Prüfer gelobt. Und sie, Anna, bekam quasi einen verbalen Orden verliehen, und das im Beisein ihres Bruders. Es war, als hätte sich der Himmel geöffnet. Wie auf Wolken schwebend, hatte Anna den Raum verlassen und als sie die Tür des Prüfungsraumes von außen zumachte, war sie neu geboren. Ihr Bruder geht seit diesem Tag absolut respektvoll mit ihr um, obwohl das für Anna jetzt nicht mehr so wichtig ist.

Ein Augenblick kann ein Leben so verändern.

13. Naturtalent?

Der Berliner Grunewaldsee war ein beliebtes Ausflugziel von Pam und ihrem Sohn Tim. Erstens war es nicht weit von zu Hause entfernt und zweitens konnte man dort so viel unternehmen: Vom Schwimmen und Toben im Wasser, Wettrennen um den See, bis zum gemütlichen Liegen im warmen Sand und Dösen oder Lesen, obwohl Letzteres jedoch für einen Zehnjährigen nicht so prickelnd war.

Zu Tims Freude war es wieder einmal soweit. Pam packte einen kleinen Picknickkorb und fuhr mit Sohn und Hund los. Pam genoss schon die Fahrt dorthin. Ein Tag ohne Termine und ohne Hektik. An den Wochenenden war oft sehr viel Betrieb am See, aber an Wochentagen, so wie heute, war es sehr angenehm ruhig. Natürlich marschierten die drei um den halben See herum und steuerten einen kleinen Strand an. Denn hier durften auch Hunde baden.

Pam hatte noch nicht einmal ihr Handtuch ausgelegt, als sie schon hörte, wie Tim ins Wasser rannte, Hund Ben gleich hinterher. Sorgen musste sie sich nicht machen, denn beide waren ausgezeichnete Schwimmer.

Da kaum Leute vor Ort waren, machte Pam es sich gemütlich und fing an zu lesen. Zwischendurch warf sie einen prüfenden Blick über den Buchrand. Tim und Ben jagten sich im seichten Wasser hin und her. Also war alles im grünen Bereich.

Pam hörte plötzlich Tim lachend Kommandos geben, die nicht zu einem Spiel mit Ben passten. Menschen lachten und riefen Tim ermutigende Worte zu. Pam schnellte hoch. Sie war tatsächlich eingedöst, hatte nicht gemerkt, dass weitere Besucher am Strand angekommen waren, und dann erstarrte sie. Das Bild, das sich ihr bot, ließ ihren Puls in die Höhe schnellen.

Tim stand bis zum Bauch im Wasser, den rechten Arm hoch erhoben und einen großen Ast schwenkend. Um ihn herum ein halbes Dutzend Hunde, inklusive. Ben, wobei Ben mit seinen 20 Kilo der Kleinste der Meute war. Schäferhund Boxer und Co bedrängten Tim, damit er endlich den Ast warf. Bevor Pam reagieren konnte, warf

Tim den Ast mit großer Wucht auf den See und die Meute jagte schwimmend hinterher. So ruhig wie möglich rief Pam Tim zu sich. Der drehte sich nur kurz um und rief zurück:

„Geht gerade nicht, ich muss hier aufpassen, sonst gibt es Streit."

„Das befürchte ich auch so", murmelte Pam und stand langsam auf.

„Allet jut, junge Frau. Der Kleene hat det im Griff." Ein älterer Herr hatte sich neben Pam gesellt und beruhigte sie.

„Der wees janz jenau, wat er macht. Meen Oskar, der große Schwartze is och janz friedlich, ehrlich."

Der Mann hatte recht. Kaum war die Meute wieder bei Tim, wobei sich gleich zwei Hunde am Ast festhielten, fing Tim an, die Hunde zu sortieren. Die Kleineren nach hinten, die größeren nach vorne, und den beiden Hunden, die immer noch den Ast festhielten, gab er eine klare Ansage.

„Immer nur einer, Jungs, und wer knurrt, fliegt raus!"

Artig ließen beide Tiere den Ast los und schauten Tim an. Ben hatte sich neben Tim gestellt und bekam nun auch sein Kommando.

„Du musst nach hinten zu den kleinen, sonst hast du keine Chance. Also, Abmarsch."

Tatsächlich schwamm Ben zu seiner Gruppe und paddelnd warteten sie auf den nächsten Wurf.

Nach und nach wurden die Hunde von ihren Besitzern abgerufen. Einige bedankten sich bei Tim, einige sogar bei Pam, der die Situation immer noch nicht geheuer war.

Schließlich wurde auch Oskar gerufen und der ältere Herr lobte Tim sehr. Tim strahlte über das ganze Gesicht. Das war genau sein Ding.

Als auch Pam und Tim schließlich ihre sieben Sachen einsammelten, sagte Pam zu ihm:

„Du solltest Tierarzt werden, mit dem Talent."

Tim starrte sie entsetzt an.

„Niemals! Dann muss ich ihnen ja wehtun!"

„Aber doch nur, weil du ihnen hilfst.", erklärte Pam.

Die Antwort von Tim war ein strafender Blick und das Thema war für immer erledigt.

„Tiere und kleine Kinder
sind der Spiegel der Natur."
(Epikur von Samos)

14. Kleine Geschenke für die Freundschaft

So oder ähnlich denkt sich das wohl unser Hunde-Neuzugang Abby. Sie war gerade mal ein paar Tage bei uns, als ich nach Berlin musste. Ich war nur eine Nacht weg, aber die kleine Abby hat sehnsuchtsvoll auf mich gewartet und hat ein Spielzeug nach dem anderen auf den Abtreter im Flur gelegt, so als wolle sie mir Geschenke machen. Hauptsache ich komme wieder.

Sie hat sich regelrecht vor Freude überschlagen, als ich wiederkam und ließ mich tagelang noch nicht mal mehr alleine ins Bad gehen. Das hat sich bald gelegt, das Vertrauen ist gewachsen. Geblieben sind jedoch die „Geschenke", die sie immer noch auf den Abtreter legt, auch wenn ich nur kurz rausgehe.

Die Krönung lieferte Abby mir im Sommer. Sobald das Wetter es erlaubt, können die Hunde nach Lust und Laune in den Garten raus, oder auch wieder ins Haus reinlaufen, ganz nach Belieben. Da beide Hunde über den Rasen tobten, hätte ich nicht gedacht, dass Abby überhaupt mitbekommt, dass ich zur Haustür raus gegangen bin. Ich war nicht lange draußen, habe nur nach den Blumen geschaut und hier und dort ein Unkraut gezupft. Das dauerte vielleicht zehn Minuten.

Kaum hatte ich die Tür geöffnet, sah ich schon mein „Geschenk" daliegen. Daneben saß eine sehr stolze, sehr aufgeregte Abby mit strahlenden Augen. Ich musste nahe herantreten, um zu sehen, was da lag. Und dann traute ich meinen Augen nicht! Abby hat mir eine frischgefangene, tote **Maus** geschenkt!

Etwas irritiert entsorgte ich die Maus, Abby zog enttäuscht und beleidigt von dannen.
Klar fangen auch Hunde Mäuse und sie fressen diese auch recht gerne. Aber eine tote Maus als Geschenk? Das kenne ich nur von Katzen.

Fröhlich fragte ich bei der Organisation an, die Abby aus Griechenland gerettet hatte, wie denn in Griechenland die Katzen aussehen würden. Nach längerem Gelächter wurde mir bestätigt, dass die griechischen Katzen genau so aussehen wie bei uns.

15. Drei Freunde und ein Pflaumenbaum

Die drei kannten sich seit der Schulzeit und hatten es fertiggebracht, immer Freunde zu bleiben. So manchen Lebenssturm haben sie zusammen ausgehalten und waren immer füreinander da. Einer nach dem andern gründete seine Familie und baute seine berufliche Karriere auf. Aber einmal im Monat trafen sie sich und spielten Skat. Das war nun seit Jahrzehnten der Brauch und die Ehefrauen und Kinder akzeptierten es und waren daran gewöhnt. Nun war es so, dass sie nicht in der Kneipe spielten und auch nicht am Abend, sondern jeden letzten Samstagnachmittag des Monats bei einem von ihnen zu Hause. Das fanden sie gemütlicher und außerdem wurden sie von der jeweiligen Frau des Hauses mit belegten Brötchen, Bier und Saft versorgt.

Eine der Ehefrauen konnte nicht gut mit dem Arrangement leben. Wenn sie nicht die Gastgeberin war, konnte man darauf warten, dass sie ihrem Mann nachtelefonierte, weil irgendetwas klemmte, fehlte, tropfte … was auch immer. Ihr fiel jedes Mal etwas ein, um mindestens drei Telefonanrufe zu begründen.

So auch an einem schönen warmen Sommertag. Die drei Freunde witzelten schon darüber, was der Frau heute wohl einfallen würde, und bewunderten zum X-ten Male die guten Nerven von ihrem Freund. „Diesmal habe ich sie ausgetrickst", strahlte dieser, „ich habe sogar noch schnell die Garage aufgeräumt. Heute kann sie nichts finden, um uns zu stören."

Wie aufs Stichwort klingelte das Telefon. Die Freunde horchten Richtung Flur, wo das Telefon stand, und hörten zu ihrem Vergnügen, wie die Gastgeberin beschwörend sagt:

„Ja, natürlich…ja ich richte es ihm sofort aus."

Gespannt warteten sie auf die Nachricht aus dem Flur, die prompt nicht auf sich warten ließ.

„Deine Frau hat angerufen. Du möchtest bitte gleich in den Garten kommen. Die Pflaumen müssen vom Baum und sie kommt nicht ran."

Die nicht von der Nachricht betroffenen Freunde brachen in schallendes Gelächter aus. Einer witzelte: „Immerhin ist Deine Garage aufgeräumt."

„Ja, ja, wer den Schaden hat…, ihr seid mir die Richtigen", lachte er mit. „Lasst uns weiterspielen. Ich gedenke nicht auf den Anruf zu reagieren."

Das taten sie dann auch, wurden aber nach einer halben Stunde wieder unterbrochen.

„Tut mir leid euch zu stören, aber deine Frau meint, die Pflaumen müssen runter und sie kommt nicht ran."

„Na, das wissen wir ja schon. Sag ihr, wenn sie nicht warten will, bis ich da bin, dann soll sie halt die Leiter nehmen."

Keine Viertelstunde später kam der nächste Anruf.

„Ich glaube, es wäre gut, wenn du jetzt selber mit ihr reden würdest", riet ihm die Gastgeberin, die sich das Lachen kaum verkneifen konnte.

Der Freund warf die Karten auf den Tisch, sprang auf und sagte: „Ich bin in einer Viertelstunde wieder da." Dann stürmte er aus dem Haus.

Das hatten sie in all den Jahren noch nicht erlebt. War ihr Freund doch die Ruhe selber.

Gespannt warteten sie auf seine Rückkehr. Und tatsächlich, nach einer knappen Viertelstunde kam er zufrieden lächelnd zurück.

„So", sagte er, „jetzt haben wir Ruhe. Wer gibt?"

„Und die Pflaumen? So schnell kannst du die doch nicht gepflückt haben", wunderten sich die Freunde.

„Nö, ich habe die Motorsäge geschnappt, den Baum umgesägt und ihr gesagt: So, jetzt kommst du ran." Sprach`s und sortierte dabei in Gemütsruhe seine Karten, während sich die Freunde vor Lachen querlegten.

16. Ausrangiert

Es ist ein schleichender Prozess. Wenn es anfängt, merkt der Betroffene nichts. Meistens trifft es Frauen früher als Männer.

Wovon ich rede?

Vom Ende der Karriere.

Vom Ende jung, dynamisch und erfolgreich zu wirken. Betonung liegt auf „wirken". Die Jahre wurden zu Jahrzehnten. Man hat etwas erreicht, ist härter in Verhandlungen geworden, lässt sich nicht mehr vertrösten, weiß was man will, hat eine Menge an Erfahrung und ... hat Falten.

Die Falten sind das Erste, das man sehr unangenehm wahrnimmt. Wenn man den ganzen Tag mit den jungen Kollegen zusammen war, Termine mit immer jüngeren Partnern verlaufen, und wenn man dann abends in den Spiegel schaut, sieht man sie überdeutlich ... Falten!

So schlimm ist es nun auch wieder nicht. Man versucht, sich selber zu trösten, es muss ja weitergehen. Falten! Pfff, na und?

Das funktioniert auch eine Weile ganz gut. Aber irgendwann, merkt man, dass man zu manchen Besprechungen nicht mehr eingeladen wird, oder dass die junge Kollegin zu Geschäftsessen mitgeht, über das man noch nicht mal informiert wurde. Man erfährt so manches nur noch durch Zufall.

So, jetzt fängt es an, kritisch zu werden. Damit muss man umgehen. Aber wie?

Heulen, Alkohol oder Face Lifting sind keine wirklichen Optionen. Aber ein Mädelsabend mit den besten Freundinnen kann helfen.

Pam drehte das Rotweinglas langsam hin und her und schaute dem schaukelnden Wein zu.

„Was mir heute passiert ist, glaubst du nicht, ich glaube es ja selbst nicht. Ich hatte einen Geschäftstermin bei einer Firma, für die wir seit Jahrzehnten arbeiten. Seit Ewigkeiten bin ich die direkte Ansprechpartnerin. Als ich heute dort ankam, sass so ein Püppchen im Vorzimmer, bremste mich aus und fragte spitz: ´Wer sind Sie, wie sind Sie hier hereingekommen?´

Ich stellte mich höflich vor und teilte ihr mit, dass ich einen Termin mit ihrem Chef hätte.

Sie schaute mich von oben bis unten an und sagte:

´Das glaube ich nicht. Wer sind Sie überhaupt, ich kenne Sie nicht.´

Zum Glück kam der Chef aus seinem Büro und hat mich gerettet. Allerdings nur, um mir mitzuteilen, dass sie zukünftig mit einem jungen Kollegen von mir weiterarbeiten werden. Zum Abschied nahm er meine beiden Hände in die seinen und sagte leise: ´Machen Sie es wie ich, ziehen sie sich zurück und lassen sie die Jungen ans Ruder. Dies ist meine letzte Arbeitswoche.´

Es klang irgendwie gut, wie er das über sich so sagte. Ich glaube er geht gerne.", sagte Pam nachdenklich.

„Und bei dir?", fragte sie.

„Pff ... geht so. Ich mache mein Ding, muss ja nicht zu Kunden oder so, aber es nervt mich schon, dass man zu spüren bekommt, dass man nicht mehr wirklich dazu gehört.", erwiderte ich.

„Der Karin geht es richtig schlecht, die bekommt nur noch unwichtigen Kram auf den Schreibtisch und macht Ablage. Die wird richtig rausgemobbt."

Wir schwiegen eine Weile nachdenklich und auch ein bisschen ratlos. Plötzlich kam ein kräftiges „Ha!", begleitet von einem Handschlag auf den Tisch von Pam.

„Wir tun uns zusammen und machen das, was wir können und zu uns passt!"

Gesagt, getan. Bereits eine Woche später sassen wir zusammen und schmiedeten Pläne. Wie so oft war es Pam, die es auf den Punkt brachte. Sie streckte sich seufzend und sagte:

„Kinners, ist das herrlich! Ich fühle mich so gut wie lange nicht, und nicht mehr so, so, **AUSRANGIERT!"**

Unser Gelächter war mit Sicherheit noch auf der Straße zu hören. Lachen ist so befreiend!

17. Darf man das?

„Darf man eine total lustige Geschichte erzählen, die vom Pups handelt?", fragte Pam.

„Von was?", fragte ich zurück. Ich war gerade nicht bei der Sache. Wir sassen bei Pam und Gerd im Wintergarten und ich hatte verträumt den ersten Schneeflocken zugesehen.

„Vom Furz", sagte Gerd.

„Gerhard!", rief Pam streng.

„Wieso, ist doch so. Nun erzähl aber auch."

Das tat Pamela dann auch.

Pamelas Mutter hatte irgendwelche Magen-Darm-Probleme, die verhinderten, dass die Gase entweichen konnten.

Der Arzt hatte ihr Tabletten und Ruhe in Form einer Kur verordnet. Pam begleitete ihre Mutter in das schöne Tessin, wo sie zwei Wochen verbrachten.

Schon zu Hause hatte die Mutter festgestellt, dass, wenn sie morgens die Tabletten nahm, eine halbe Stunde später der Erfolg einsetzte. Und das mit Wucht.

So beschlossen sie, jeden Tag nach dem Frühstück und der Medikamenteneinnahme in den Wäldern Wandern zu gehen.

Das war eine prima Lösung. Manchmal hat es so gekracht, dass sich die beiden Frauen vor Lachen kaum halten konnten.

„Mensch Mama, der Förster fahndet bestimmt schon nach Wilderen", war eines der täglichen Kommentare von Pam.

Eines Tages, sie waren schon lange unterwegs gewesen und die Lage hatte sich beruhigt, beschlossen sie, dass sie jetzt gefahrlos ins Dorf und somit ins Hotel zurückkehren konnten.

Kaum waren sie aus dem Wald heraus und hatten die ersten Häuser bereits erreicht, da sagte Pams Mutter:

„Oh, oh, schau mal schnell um die Ecke, ob da einer ist."

Pam flitzte los, nee, keiner zu sehen. „Nur zwei geparkte Autos, eines mit offener Motorhaube, aber kein Mensch", berichtete sie.

Und dann, im Weitergehen, ließ Pams Mutter es ordentlich krachen.

In dem Moment sprang ein Mann unter seinem Wagen heraus und schaute entsetzt in den Motorraum seines Wagens.

„Du hast gesagt, da sei keiner", rief Pams Mutter entsetzt. Während Pam schon vor Lachen bebte.
Der Mann ging um sein Auto herum, schaute wieder darunter, dann wieder unter die Motorhaube. Er sah völlig ratlos aus.

„Die Spannung steigt,
der Drang ist mächtig groß;
Nur still, gebt Acht;
Gleich legt der los."
(Wilhelm Busch)

18. Einkaufszettel

Wieder einmal war ich in eine Wohngemein-
schaft geraten, besser gesagt, meine Wohnung
wurde zu einer kleinen WG. Eine liebe Freundin
war vor Ex-Partner und Arbeitslosigkeit von München nach Berlin geflüchtet. Wir kannten uns
schon lange, noch aus meiner Zeit in München
und freuten uns regelrecht auf die nun kom-
mende Zeit. Wir waren uns ganz sicher, dass wir
alle denkbaren und undenkbaren WG- Probleme
in den Griff bekämen.

Wenn ein Rechts- und ein Linkshänder in einer Wohnung leben, beide eifrig bei der Hausarbeit mitmachen, ist ein nicht zu verachtendes
Durcheinander vorprogrammiert.

Damals habe ich noch im Schichtdienst im
Krankenhaus gearbeitet. Morgens um halb fünf
aufstehen ist solange in Ordnung, wenn der Kaffee schnell zur Hand ist. Wenn nicht, dann fängt
der Tag für mich richtig blöd an.

Schlaftrunken griff ich, (mit der linken Hand) in
das untere Regal vom Hängeschrank, dort stand
der Zucker, immer, an dem Morgen aber nicht.
Ich versuchte es noch einmal, ...nichts!

Immer noch nicht ganz wach, durchforstete ich den Hängeschrank. Ohne Erfolg! Kein Zucker! Ich versuchte, den Kaffee nur mit Milch, also ohne Zucker, zu trinken. Schmeckte nicht wirklich, war aber auch egal, ich musste los. Meine Laune war schon mal besser.

Am Nachmittag, kaum dass Gerti die nun gemeinsame Wohnung betreten hatte, rief ich: „Wo ist der Zucker?"

„Wo er immer steht", kam eine fröhliche Antwort aus dem Flur.

„Eben nicht!", grantete ich zurück.

Gerti kam in die Küche, machte siegessicher die Tür vom Hängeschrank auf, und da stand tatsächlich der Zucker.

AUF DER **RECHTEN** SEITE!

Das muss ich sehr laut gedacht haben, denn Gerti sagte: „Auweh!", und sah mich mit Dackelblick an, was meine immer noch schlechte Laune verfliegen ließ.

„Hm, und das morgens um halb fünf!", sagte ich grinsend.

„Auweh!", sagte Gerti noch einmal und wir lachten und drückten uns.

Wir setzten uns, mit einer Tasse Kaffee, meine jetzt endlich mit Zucker versehen, an den Küchentisch und beratschlagten, wie wir uns besser und zur Zufriedenheit von uns beiden, organisieren konnten. Eines war jetzt schon klar. Der Zucker gehörte auf die linke Seite.

„Du, mir ist es eigentlich wurscht, wo, was steht", entschied Gerti für sich.
„Da ich gestern den Küchendienst hatte, steht wohl nichts mehr dort, wo du es gerne hättest. Hier mein Vorschlag. Ich erledige jetzt unseren Einkauf und du sortierst wieder alles, wie es für dich sein soll."

Gesagt, getan. Gerti schnappte sich die Einkaufsliste, die ich schon geschrieben hatte, und zog los, während ich mit meinem Hund Charlie um den Block flitzte und mich dann an das Umräumen in der Küche machte. Als Gerti zurückkam, stand bereits alles wieder an seinem angestammten Platz.

Gerti stellte die Einkaufstüten auf den Tisch.
„Ich habe alles, bis auf das chinesische Essen, bekommen", sagte sie.
„Die Verkäuferin hat mit mir den ganzen Laden abgesucht. Hatten sie nicht. Sie kannte es auch nicht", setzte sie hinzu.

„Welches chinesische Essen", fragte ich erstaunt. „Da stand doch nichts Chinesisches auf den Zettel."

Empört hielt Gerti mir den Zettel unter die Nase. „Da, schau! **Hufu und Schifu**", triumphierte sie.

Ich explodierte fast vor Lachen, während Gerti mich stirnrunzelnd ansah.
Hufu bedeutet Hundefutter und Schifu Schildkrötenfutter!

19. Erst 2, dann 1 ...

Es war Zeit, ins Bett zu gehen, das übliche Ritual setzte also ein. Schlafzimmer lüften, mit den Hunden die letzte Runde gehen, danach ein Gutenachtleckerli geben, Halsbänder ausziehen und so weiter. Jeder Handgriff sitzt. Routine eben.

Diesmal nicht!

Auf dem Weg ins Schlafzimmer sagte ich so nebenbei, dass ich gleich schaue, ob es noch stark regnet. Kaum hatte ich das Fenster geöffnet und rausgeschaut, da hörte ich ein lautes Schimpfen aus dem Flur. Ich dachte mir nicht viel dabei, wahrscheinlich drängelten die Hunde sich wieder darum, wer zuerst an die Leine kam. Dann kam ein verstörender Ruf:

„Benja ist weg!" Und dann hörte ich nur noch die Tür knallen.

Als ich aus dem Schlafzimmer geflitzt kam, stand mein Mann mit zwei Hundeleinen in der Hand da, die Haustür war zu, aber kein Hund zu sehen.

„Wo sind die Hunde?", fragte ich.

„Draußen", kam als verdatterte Antwort.

„Und warum ist die Tür zu?", rief ich, während ich die Haustür aufriss.

Benja stand verstört auf der Straße und kuckte durch den Zaun zu mir und Abby saß vor der Tür und sah mich strafend an.

Was war hier los?

Die Antwort überraschte mich dann doch. Nachdem beide Hunde gesichert waren, kam die Erklärung.

„Ich wollte nur schauen, ob es noch regnet, und hab dafür die Tür aufgemacht. Da ist Benja rausgeflitzt. Ich habe mich so erschrocken, dass ich die Tür wieder zu gemacht habe. Und als ich sie wieder öffnete, um Benja zu rufen, ist Abby stiftengegangen."

Ich brauchte einen kleinen Moment, um das Ganze zu verstehen, und fragte mich, und auch ihn, warum er denn in aller Welt die Tür wieder geschlossen hat.

„Na, weil ich mich so erschrocken habe!", lautete die empörte Antwort.

Wir sahen uns einen Moment schweigend an. Dann brachen wir in Gelächter aus.

Es gibt kleine Ereignisse, die hängen einem lange nach. Dieses ist so eines.

„Ick jehe raus und kieke
und wer steht draußen?
Icke! Icke! Icke!!"
(Auszug: Berliner Klopslied)

20. Flughafen Tegel

Nun ist er also geschlossen, der Flughafen Berlin-Tegel. Meine Freundin Pamela und ich haben so viele Erinnerungen daran. Lange Jahre war es der einzige Flugweg aus Berlin heraus. Mit der PanAm nach Frankfurt am Main und von da aus dann weiter, wohin auch immer. Ok, das war vor der Wende 1989. Aber auch danach war es „unser" Flughafen.

Ich fand, es war der Flughafen mit den kürzesten Wegen. Das galt allerdings nicht für Pamela. Sie ist mit einer Maikäferblase ausgestattet und da konnten die Wege vom Gate zur nächsten Toilette wirklich lang sein.

Pam war endlich in Tegel gelandet, nach langer Reise mit Zug, Bus und Flugzeug war ihr erster Weg der zur Toilette. Es war schon dringend und Pam war froh, als sie die Tür mit den großen WC-Buchstaben erreicht hatte. Aber, wegen Reinigung kurzzeitig geschlossen. Zähneknirschend und innerlich fluchend, schleppte sie sich und ihren Koffer weiter.

Endlich bei der nächsten angekommen, mußte es schnell gehen. Schnell war dann doch nicht.

Man muss wissen, dass die Toiletten im Flughafen Tegel eine auffällige Eigenart hatten: Sie waren sehr eng, wirklich, sehr eng. Das führt dazu, dass man sein Gepäck geschickt durch die enge Kabinentür lancieren musste. Das erweiterte natürlich auch die Wartezeiten.

Nun war Pam aber an der Reihe. Aufatmend wuchtete sie ihren Koffer in die Kabine. Aber, jetzt passte Pam nicht mehr hinein. Also wieder raus mit dem Koffer und zuerst Pam rein. Der Koffer klemmte aber jetzt in der Tür.

Draußen stehenlassen, ging aber auch nicht. Aus mehreren Gründen. Erstens wegen Diebstahlgefahr und zweitens wegen Bombenalarm. Inzwischen reagierte man sensibel auf herrenlose Koffer.

Nach einer für Pam gefühlten Ewigkeit, hatte sie den Koffer soweit hineingezogen, dass er an der Kloschüssel vorbei gegen die Wand gedrückt stand. Da erlaubte es, die Tür halbwegs zu schließen. Bis auf einen kleinen Spalt, aber das war Pam jetzt drängend egal.

Wie wir alle gelernt haben, setzt man sich nicht auf fremde, oder gar öffentliche Toiletten.

Nein, man schwebt, die einen mehr, die anderen weniger, über der Kloschüssel.

So auch Pam. Erleichtert, dass sie sich erleichtern konnte. Geschafft!

Hatte ich schon erwähnt, dass Pam ihren Koffer gerade mal so dicht an der Kloschüssel reingezwängt hatte?

Und was passiert, wenn man dort schwebend hockt und etwas komplett dicht dran steht? Richtig! Pam hatte ihren Koffer markiert!

Eine diskretere Formulierung fällt mir gerade nicht ein.

Am 8. November 2020 um 18:00 meldete sich der Tower zum letzten Mal mit diesen Worten:

„Tegel forever. Tegel-Tower – Ouver and Out."

21. Gerti fährt nach München

Gerti musste nach München fahren. Nach ihrem schnellen Umzug zu mir, nach Berlin, man könnte es auch Flucht nennen, musste noch so einiges erledigt werden. Leider bekam ich nicht frei und konnte Gerti nicht mit dem Auto nach München fahren, was ich sehr gerne gemacht hätte, denn die Münchner Freunde hatte ich schon eine Weile nicht mehr gesehen. Das lag wohl daran, dass der Weg von München nach Berlin weiter ist, als von Berlin nach München. Oder?

Gerti musste mit dem Zug die Reise antreten. Der Frühzug Berlin - München heißt so, wie es ist! Früh!

Früh war nicht unser Ding. Also schlurften wir mehr oder weniger schweigsam, den ersten Kaffe des Tages. Ich war nur aus Solidarität mit Gerti aufgestanden, ich hatte Spätdienst und wollte meine Freundin wenigstens zum Bahnhof begleiten. Das wollte sie aber dann doch nicht.
„Winkende Menschen finde ich doof.", nuschelte sie.
„Dann winke ich eben nicht."
„Doch, doch, doch!"

„Ok, ich bleib hier."

„Geht doch!"

Wir grinsten uns über den Rand unserer Kaffeetassen an.

Kurze Zeit später war es soweit, Gerti musste los. Sie schnappte sich ihre Reisetasche und den Beutel mit der Marschverpflegung.

„Habe ich alles?", fragte sie mich.

„Ausweis, Fahrkarte, Zahnbürste", fing ich an aufzuzählen.

„Schon gut, bin dann mal weg. Bis in drei Tagen! Bussi!"

Sie war schon an der Tür, als ihr Blick auf den vollen Müllbeutel viel, der zum Abtransport bereit im Flur stand.

„Den nehme ich mit runter, komme eh an den Mülltonnen vorbei." Sie schnappte sich den Beutel und machte sich auf den Weg.

Gerti bekam ihren Zug am Bahnhof Zoo und hatte eine große Platzauswahl. Sie wählte ein noch leeres Abteil in der Hoffnung, noch eine Weile ungestört dösen zu können. Am Bahnhof Wannsee gesellte sich dann doch noch jemand zu ihr. Eine junge Frau betrat das Abteil, grüßte freundlich und nachdem sie ihr Gepäck verstaut hatte, setzte sie sich Gerti gegenüber. Auch sie schien in der Frühe ihre Ruhe haben zu wollen. Als der Zug losfuhr, kuschelte sie sich in die Ecke und schloss die Augen.

Als Gerti geraume Zeit später fit und ausgeruht die Augen öffnete, hatte sie einen merkwürdigen Geruch in der Nase. Irgendetwas stank regelrecht. Ihre Mitreisende hatte auch die Augen wieder offen und anscheinend nahm sie auch den Geruch wahr.

„Ob wir mal lüften sollten? Oder glauben sie, dass dieser Geruch von draußen kommt?", fragte sie vorsichtig.

„Keine Ahnung, aber das lässt sich ja feststellen." Beherzt zog Gerti an den Fenstergriffen, und binnen Sekunden schien der Geruch zu verschwinden. Aufatmend schlossen sie das Fenster wieder. Fast augenblicklich fing es wieder an zu müffeln.

Das müsse wohl vom Flur kommen, orakelten sie und öffneten das Abteilfenster wieder einen Spalt. Das half!

Nachdem sie eine Weile geplaudert hatten, fand Gerti, dass sie jetzt eine kleine Stärkung gebrauchen konnte. Mit Schwung holte sie ihre Provianttüte von der Ablage. Als sie die Tüte öffnete, nahm der Gestank, trotz gekippten Fensters, das Abteil sofort in Beschlag.

Gerti hatte in Berlin die Tüten verwechselt.

So kam es, dass, Gerti hungrig in München aus dem Zug stieg, und der Berliner Müll in einer Mülltonne am Münchner Hauptbahnhof landete!

22. Kirmes im Dorf

Es wird immer seltener, dass in den Dörfern die jährliche Kirmes so richtig gefeiert wird. Die Zeiten ändern sich. Die Jugend hat viel mehr Abwechslung als früher, und als Brautschau hat so eine Kirmes schon lange ausgedient.
Es wird auch immer schwieriger, in diesen Zeiten, freiwillige Helfer zu finden. Denn, das Ausrichten einer Dorfkirmes ist richtig Arbeit.

Doch dieses Jahr sollte es noch einmal eine richtige schöne Kirmes geben. Grund war ein Jubiläum der örtlichen Musikkapelle.

Also wurde ein großes Zelt aufgestellt, Tische und Bänke sowie Getränke herangeschleppt. Der große Grill wurde aufgestellt, Kuchen gebacken und so weiter und sofort.
Alles war vorbereitet und der große Tag konnte kommen.
Am Vormittag besagten Kirmes-Tages spazierten zwei junge Leute durchs Dorf und blieben länger vor einem Bauernhaus stehen. Das Dorf ist klein, deshalb bleibt hier keiner unbeobachtet stehen. Und zu unser aller Verblüffung stand der

Dorfname auf dem Footbal-Shirt des jungen Mannes. Ein Nachbar sprach ihn daraufhin an, aber der junge Mann konnte nur Englisch. Schnell wurde jemand geholt, der dieser Sprache mächtig war.

Es stellte sich heraus, dass das junge Paar aus den USA kam und einen Europatrip machte. Jetzt standen sie vor dem Bauernhof seiner Urgroßeltern und Großeltern. Er hatte versprochen, das kleine Dorf zu besuchen.
Das war ein Hallo! Sofort wurden die jungen Leute zur Kirmes eingeladen. Viele wollten sich mit ihnen fotografieren lassen, ja, er wurde regelrecht gefeiert.
Zum guten Schluss war er es dann, der ein Geschenk an den Dirigenten der Musikkapelle überreichte.

Es war wirklich ein besonderer Tag! Ab Nachmittag schien der junge Mann allerdings total überfordert. Tapfer lächelte er immer noch in die Runde, aber, man konnte spüren, dass es nun genug war. Er wollte eben mal kurz das Haus seiner Ahnen sehen und dann nach einer kleinen Wanderung wieder zurück zum Bahnhof, mit dem Zug in die Stadt, um am nächsten Tag die Reise fort zu setzten. Stattdessen fühlte er sich von dem Dorf seiner Ahnen adoptiert und wusste jetzt augenscheinlich nicht, wie er aus der Nummer herauskommen sollte. Seine junge Frau dagegen, genoss das Ganze in vollen Zügen.

Irgendwann gelang es ihm, sich elegant zu verabschieden. Schließlich mussten sie ja weiter. Das verstand auch jeder.

Eins steht jedenfalls fest. So überfordert er an diesem Tag auch war. Niemals wird der junge Mann aus dem fernen Amerika vergessen, wie das war, in dem kleinen Dorf seiner Ahnen. Und wenn nicht schon jetzt, so wird er diesen Tag irgendwann in Erinnerung genießen.

23. Laminat verlegt sich wie von selbst

Tim, Pams Sohn, behauptete, dass sich Laminat wie von selbst verlegt. Er musste es wissen, er hatte seine Küchenrenovierung inklusive Laminatverlegung ja schon hinter sich gebracht.
Eben heute wurde die alte Küche bei Pam demontiert und abtransportiert. Die Renovierung wollten Pam und ihr Mann selber in Angriff nehmen. Malern war nicht das Problem, nur Laminat hatten sie noch nie verlegt.

„Tim, kannst du uns helfen kommen?", fragte Pam.

„Och, Laminat verlegt sich wie von selbst. Hinlegen, anlegen, klack, weitermachen. In einer Stunde bist du fertig", sagte Tim im Brustton der Überzeugung.

Nun gut, er musste es ja wissen, dachte Pam. Beim Abkleben der Ecken und Kanten entdeckte Pam die Küche ganz neu. So viele Kanten hatte die Küche doch vorher nicht! Jedenfalls war das ein Gefriemel, mit dem Pam nicht gerechnet hatte.

Dann endlich kam Farbe ins Spiel. Die Decke wurde in Weiß, die Wände in hellem Creme gestrichen. Aber nicht sofort! Die Farbendose versprach, dass einmal Streichen reichen würde, tat sie aber nicht. Also, vier Stunden warten und weiter ging es, oder besser, nochmal das Ganze von vorne.

Am Abend waren Pam und ihr Mann fix und fertig.

„Aber wir haben es geschafft!", freute er sich.

Pam dehnte ihren schmerzenden Rücken und gab stöhnend zurück:

„Früher war ich dabei schneller... und schmerzlos."

„Ja,ja, wir sind eben nicht mehr 20. Egal, wir sind fertig!", flötete er albern.

„Morgen legen wir noch schnell das Laminat und dann kann die Küche kommen."

Den nächsten Morgen gingen sie in Ruhe an. Es war ja nicht mehr viel zu tun. Sie lagen gut im Zeitplan. Frohgemut packten sie Folie aus, die dem Laminat als Unterlage diente. Der erste Streifen lag passend und voller freudiger Spannung legten sie die ersten Bretter hin. Hinlegen, anlegen, klack, und dann so weitermachen. Ja, vielleicht geht das in einem Neubau, wo alles supergerade ist. Vielleicht da, aber in einem alten Bauernhaus eben nicht!

„Das wird schief, das geht so nicht", fiel Pam auf.
„Stimmt. Wir müssen auf geradem Weg hierhin." Pams Mann schritt die Linie ab.
„Also müssen wir von dort bis zur Wand stückeln. Das geht schon, wir haben ja einen Laminatschneider mitgekauft", sagte er optimistisch.

Pam kamen die ersten Zweifel. Und dann kam günstigerweise Hilfe in Form des Hausbesitzers. Der gute Mann hatte sich schon gedacht, dass das alles nicht so einfach ginge, und zu dritt gingen sie die Sache neu an.

Den ganzen Tag haben sie gemessen, gestückelt, angelegt, wieder gemessen und endlich, nach vielen Stunden schien es geschafft.
Jawohl, es schien nur so, als hätten sie es geschafft.

In der Mitte des ausgelegten Laminats hatte sich ein Spalt aufgetan! Der Grund dafür war nicht festzustellen, und selbst wenn, alle Beteiligten hatten die Nase gestrichen voll.
„Mir egal, das bleibt jetzt so! Ich reiße hier nichts mehr raus ... oder alles, aber jetzt ist erst mal Feierabend." Und so hörten sie auf. Die Kraft, die Geduld und die Ideen waren erschöpft.

Im Verlaufe des Abends beschlossen Pam und ihr Mann, dass sie das Laminat wieder entfernen wollten. Mit diesem Spalt konnte es nicht liegenbleiben. Bei jedem Wischen würde Wasser in den Spalt kommen, nee, das ging gar nicht. Sie hatten sich auf eine küchentaugliche Auslegware geeinigt und fühlten sich gleich viel besser. Soweit zufrieden fleezten sie, mit dem Hund kuschelnd, auf der Couch und entspannten sich so langsam, als es plötzlich klingelte. Selten, dass auf dem Lande noch jemand um 22:00 Uhr klingelt.

Vor der Tür stand der großartige Hausbesitzer und Freund, in einer Person, bewaffnet mit einem langen, kräftigen Kantholz und einem Vorschlaghammer. Wer ihn nicht kannte, hätte bei diesem Anblick Angst bekommen. Pam konnte sich ein Grinsen nicht verkneifen.

„Ich glaube, ich habe die Lösung, ein Versuch ist es wert." Sprachs, kam rein, setzte das Kantholz am Laminat bei der Küchentür an und schlug mit dem Vorschlaghammer an das Ende des Kantholzes.

Es gab einen lauten Knall, Pam dachte, die Erde würde beben, und dann sahen sie die Wirkung: Der Spalt war weg! Ein schöner, geschlossener Laminatfußboden lag vor ihnen.

Wie er so mit Vorschlaghammer und Kantholz zufrieden von dannen zog, sagte der Held des Tages trocken:

„Dem Tim erzählen wir, dass wir in einer Viertelstunde fertig waren. Einfach hinlegen, anlegen, klack, fertig!"

Humor hat er!

24. Oh du Fröhliche ....

Weihnachten nahte mit großen Schritten. Pamela und ihr Ehemann Gerd waren auf der Suche nach einem Weihnachtsbaum. Nach mehreren Diskussionen hatten sie sich für einen künstlichen Baum entschlossen.

Sie hatten noch nie einen künstlichen Weihnachtsbaum gekauft, dementsprechend schwierig fanden sie die Entscheidung, welcher es werden sollte. Sie kauften schließlich einen Baum mit Baumständer, und sogar die erste Dekoration war mit dabei.

Zuhause machten sie sich fröhlich ans Werk. Pam war dabei die Bauanleitung für den Baumständer zu lesen, als sie Gerd leise schimpfen hörte.

Wie wir alle wissen, brauchen Männer keine Gebrauchsanweisungen, die können, alles, wirklich alles sofort auspacken und flugs zusammenbauen!

(Den Satz, konnte ich mir nicht verkneifen.)

„Was ist denn?", fragte Pam.

„Das kann nicht passen!", schimpfte Gerd.

„Lass doch mal sehen."

„Da gibt es nichts zu sehen, wie kann man so etwas Bescheuertes auf den Markt bringen. Das ist völlig benutzerunfreundlich!"

„Lass mich trotzdem mal sehen, hier ist übrigens die Anleitung."

Keine zwei Minuten später hatten sie sich in der Wolle. Gerd versteifte sich jetzt darauf, dass dieser blöde Baumständer gar nicht zusammen zu bauen ginge. So!

Pam wollte ihm zeigen, dass das sehr wohl ging.

Schön, wenn man keine anderen Probleme hat! Irgendwie und irgendwann stand der Weihnachtsbaum festlich geschmückt, in dem korrekt zusammengebautem Ständer!

Pam und Gerd genossen und feierten den schönen Anblick mit einer guten Tasse Kaffee und einem leckeren Stück Weihnachtsstollen. Vergessen war Streit und Frust.

Ein Jahr später. Es war wieder Zeit, den Weihnachtsbaum aufzustellen. Pam hatte für dieses Jahr noch schöne große rote Weihnachtsbaumkugeln besorgt. Sie freute sich wie ein Kind auf das Schmücken.

Gerd holte Baum und Zubehör aus dem Keller. Beim Auspacken fragte er so nebenbei:

„Weißt du noch, wie der Baumständer zusammengebaut wird?"

Pam atmete tief ein und aus.

„Nee! Keine Ahnung."

Wir überspringen jetzt einfach mal die Details und setzen da wieder ein, wo Pam und Gerd, Stunden später, mit Kaffee und so weiter ... na, Sie wissen schon ... versöhnt den Anblick des strahlenden Weihnachtsbaums genossen.

Ein Jahr später!

Gerd hatte bereits den Weihnachtsbaum samt Schmuck aus dem Keller geholt, und die Einzelteile ausgepackt. Pam und Gerd standen schweigend vor den Einzelteilen vom Weihnachtsbaumständer.

Keiner sagte ein Wort. Schließlich mussten beide lachen.

„Oh Pam, kannst du mir verraten, warum wir dieses Teil jedes Jahr wieder auseinander bauen."

„Nein, und ich glaube auch nicht, dass wirklich intelligente Menschen das machen."

„Dann werden wir jetzt mal schnell intelligent, falls wir das Ding noch einmal zusammengebaut bekommen."

Ohne Krach und Stress bekamen sie den Aufbau hin, mit viel Lachen, denn natürlich wussten sie beide nicht mehr, was wohin gehörte.

Als sie Wochen später den eingepackten Baum wieder im Keller verstauten, stellte Gerd mit Schwung den zusammengebauten Baumständer oben auf die Kiste.

„So!", sagte er feierlich.

„Geht doch!", sagte Pam.

25. Weihnachtsgeschenke

Eine liebe Freundin von mir, die Suse, stand schon in recht jungen Jahren alleine im Leben. Zwar gab es noch einen Cousin, der mit seiner Familie im Oderbruch lebte, aber man sah sich nicht sehr oft.

Suse war auch überzeugte Junggesellin. Sie wollte nicht irgendwen an ihrer Seite, sondern den Mann fürs Leben. Chancen hatte sie genug, wollte sie aber nicht. Sie wartete auf die echte Liebe.

Warum sollte sie es auch eilig haben. Sie sah gut aus, sehr gut sogar. Hatte einen richtig guten Arbeitsplatz, eine schöne Wohnung und natürlich uns, ihre Freunde. Suse war glücklich. Auch an Weihnachten, vor allem am Heiligen Abend.

Wir Freunde haben sie jedes Jahr eingeladen, sie hatte freie Wahl, aber, wenn überhaupt, ließ sie sich erst zum zweiten Feiertag einladen. Schließlich gab sie ihr Geheimnis preis, warum sie sich immer so auf den Heiligen Abend freute. Wenn Suse beim Schoppen, oder beim Stöbern auf Kunst- und Flohmärkten etwas entdeckte, das ihr gefiel, kaufte sie es. Es konnte ein interessantes Buch sein, oder besondere Ohrringe oder ein schönes Tuch, was auch immer. Sie ließ es sich als Geschenk einpacken, oder machte das zu Hause selber. Dann versteckte sie das Geschenk im Kleiderschrank und versuchte, es zu vergessen.

Zur Adventszeit hatte sie feste Rituale. Jede Woche vor dem Fest wurde ein bisschen mehr weihnachtlich dekoriert. Kurz vor Heiligabend wurden dann noch die Fenster geschmückt, die letzten Kekse gebacken und der Weihnachtsbaum aufgestellt.

An Heiligen Abend holte sie die Geschenke aus dem Schrank und drapierte sie unter dem Weihnachtsbaum. Dann kochte sie sich ein Drei- bis Fünf-Gänge-Menu, und während sie in Ruhe und genüsslich speiste, begleitet von leiser Musik und sogar einem guten Wein, schweifte ihr Blick immer wieder über die Geschenkpäckchen. Und wie jedes Jahr, wusste sie bei den meisten Päckchen nicht mehr, was sich darin befand.

Vor dem Dessert war es dann für sie soweit: Suse hockte sich vor den Weihnachtsbaum und begann, ihre Geschenke auszupacken.
Zuerst die, deren Inhalt ihr im Bewusstsein waren. Dann die, wo sie sich dachte, was es sein

könnte, und dann die „vergessenen" Überraschungen.

Glücklich und erfüllt sass sie später auf dem Boden vor dem Weihnachtsbaum mit ihrem guten Glas Rotwein zwischen Papier, Schleifen und Kästchen, aber vor allem inmitten der wunderschönen Geschenke.

Traditionell erhob sie ihr Glas in Richtung des Fensters. Dankbar und zufrieden rief sie: „Fröhliche Weihnachten!"

26. Zappenduster

Pamelas Sohn Tim neigte in seinen Kindertagen zu unkontrollierten, hyperaktiven, Ausbrüchen wenn er voller Vorfreude war. Warten und Geduld war nicht seine Stärke.

Aus diesem Grund, hatte Pam ihm auch erst abends offenbart, dass sie am nächsten Tag nach Travemünde fahren würden. Der damals zehnjährige Tim liebte Schiffe und Segeln und überhaupt die ganze Meeresküste.

Tim war an diesem Abend kaum zu bändigen. Er hopste durch die Wohnung, tobte laut mit dem Hund, aber so primitive Aufgaben wie, seine Tasche packen, oder endlich ins Bad gehen, kamen nicht gut bei ihm an.

Schließlich gelang es Pam doch, den Hund ins Körbchen und den Sohn ins Badezimmer zu verfrachten.

Die so entstandene Atempause nutzte sie, um mit mir zu telefonieren. Wir haben uns immer viel zu erzählen und vergessen dann auch mal die Zeit, und so wir waren wir beide erstaunt, als wir Tim schon wieder im Flur rumoren hörten.

Ich hörte Tim mit voller Lautstärke leicht schräg singen:

„Das Leben ist schön, schön mit...." Dann folgten ein lauter Knall und anschließend ein Scheppern. Pam schrie auf: „Ich rufe zurück." Schon hatte sie aufgelegt.

Was war geschehen?

Tim hatte in seinem Übermut und singenderweise, sein Duschtuch wie ein Lasso über den Kopf geschwungen und mit diesem die Flurlampe von der Decke geschossen. Im Flur war es nun zappenduster. Zum Glück brannte noch Licht im Badezimmer. Die Handlung „Lichtausmachen" war für Tim auch überbewertet, in diesen Fall machte es aber mal Sinn.

Halbnackt, barfuß und mit aufgerissen Augen stand Tim mitten in einem Kreis von Scherben. „Du rührst dich nicht vom Fleck!" Nein, Tim blieb von selbst wie angenagelt stehen.

Während Pam vorsichtig die Scherben so beseite fegte, dass Tim unbeschadet in sein Zimmer gehen konnte, wiederholte Tim in Dauerschleife: „Das wollte ich nicht, das wollte ich nicht, das wollte ich nicht...."

„Nun beruhige dich mal, natürlich wolltest du das nicht. So, ab in dein Zimmer, zieh dir was an und gut ist."

Tim schlich mit hängendem Kopf davon.

Noch während sie die letzten Scherben auflas, eine neue Glühbirne in die noch vorhandene Fassung drehte, hörte sie aus Tims Zimmer fröhlich: „Das Leben ist schön, schön mit....!" Pam musste lächeln, ja, so war er, ihr Tim.

27. Die Katze Tibei

Eines Abends, als meine Freundin Pamela von der Arbeit kam, saß eine sehr kleine Katze vor ihrer Haustür. Sie schaute Pam mit großen Augen an, verkroch sich dann aber, rückwärtsgehend ein Stück von ihr weg.

„Ach du Kleine, ich tue dir nichts", sagte Pam, schloss die Haustür auf und ging, unter genauer Beobachtung der Katze ins Haus. Dort wurde Pam sofort stürmisch von ihrem wartenden Hütehund Hugo empfangen, und schon hatte sie das Kätzchen vergessen.

Am folgenden Abend spielte sich die gleiche Szene ab. Die kleine Katze sass vor Pams Haustür, schaute sie groß an und legte wieder den Rückwärtsgang ein.

„Na, du kommst jetzt wohl öfter, ist alles in Ordnung mit dir? Komm doch mal her.", lockte Pam und ging ganz langsam in die Knie. Das war dem Kätzchen wohl zu viel, sie verschwand um die Hausecke.

Auch am dritten Abend saß die Kleine wieder vor Pams Tür. Diesmal aber, lief sie auf Pam zu und klammerte sich mit den kleinen Vorderpfoten an Pams Bein. Mit großen, flehenden Augen sah sie Pam an und maunzte kläglich.

Jetzt ließ sie sich von Pam auf den Arm nehmen und kuschelte sich sofort an sie.

„Na, dann wollen wir mal sehen, was unsere Familienmitglieder, zu dir sagen."

Ihr Mann Gerd sagte nur: „Nanu!", und Hund Hugo wunderte sich erstmal und setzte sich still hin.

Wie Pam die Kleine so im Arm hatte, merkte sie erst, wie dürr sie war. Gerd wurde beauftragt, die Nachbarin zu holen, die hatte Katzen und wusste bestimmt, was zu tun war.

„Ach Gottchen, du armes Elend, Pam, wir müssen sofort mit ihr zum Tierarzt", rief Frau Nachbarin, und schon saß Pam samt Katze bei der Nachbarin im Auto auf dem Weg in die Tierklinik.

Es stellte sich heraus, dass das Kätzchen zwar gesund, aber sehr geschwächt war. Das Kätzchen bekam eine Spritze und Pam einen Zettel mit genauer Futteranleitung inklusive Spezialfutter für eine Woche, dann wollte man weitersehen.

Es war von Anfang klar, dass das Kätzchen bei Pam aufgepäppelt würde, und dann wollte man einen guten Endplatz für sie suchen. Nach nur einer Woche tobte ein gesundes fluffiges

Katzenkind durch das Haus, enterte gerne den schlafenden Hugo, der sich alles, aber auch alles von der Kleinen gefallen ließ. Wenn es ihm zu bunt wurde, packte er sie am Schlafittchen und legte sie in dem Umzugskarton ab, der in diesen Tagen noch ihr Schlafplatz war. Da kam sie nämlich noch nicht alleine raus. Inzwischen hatte sie den schönen Namen **Tibei** von Pam erhalten. Gerd fand den Namen zwar etwas merkwürdig, dachte sich aber, dass es wohl eine buddhistische Bedeutung hätte, da Pam sich schon vor Jahren dem Buddhismus verschrieben hatte.

Die Zeit verging und wir Freunde wurden natürlich auch eingeladen, um Tibei zu sehen und sie vielleicht zu adoptieren. Das wäre Pam am Liebsten gewesen, denn sie hatte sich schon sehr an Tibei gewöhnt.

Wie wir so in der Runde saßen, sprang Besagte auf Pams Schoß und bettelte schnurrend um einen Liebesbeweis.

„Meine kleine Tibei, du wirst ein wunderschönes Zuhause haben. Versprochen. Allerdings sollten wir dir vorher einen richtigen Namen suchen", sagte Pam.

„Aber warum denn? Tibei ist doch ein besonders schöner Name. Den habe ich tatsächlich auch noch nie gehört.", protestierte ich.

„Buddhistisch!", erklärte Gerd knapp.

Pam sah uns erstaunt an, dann lachte sie, und konnte gar nicht aufhören mit dem Lachen. Wir verstanden nichts mehr und warteten geduldig ihren Lachanfall ab.

„Nein, es ist kein Name aus dem Buddhismus." Und wieder prustete sie los.

„In den ersten Tagen hat sie immer mal ein bisschen zugebissen, wenn sie schmuste, am liebsten in meine Brust." Wieder musste sie die Erklärung glucksend abbrechen.

Ungeduldig werdend fragte Gerd:

„Ja, was heißt denn nun Tibei?"

„Tittenbeisser!", johlte Pam.

Tibei hat keinen neuen Namen und kein neues zu Hause gebraucht.

Sie hatte ja schon das Beste der Welt und einen allerbesten Freund, den Hugo.

28. Geliebter Mischling

Wenn wir mit unserem Hütehund-Zottel-Mix-Rüden unterwegs waren, gab es öfter mal ulkige Situationen. Zum Beispiel:

Unser Robin tobte mit einer Pudeldame namens Missi wild über die Wiese. Genüsslich sahen wir dem Treiben zu. Im Gespräch fragte uns Missis Frauchen, was für eine Rasse der Robin eigentlich sei.

„Mischling", sagte ich wahrheitsgemäß.

Sofort nahm Missis Frauchen einen halben Meter Abstand von mir.

Fast hysterisch rief sie ihre Hündin zu sich. Die wollte aber nicht sofort, sie tobte gerade so schön. Da schrie die Frau, dann wirklich hysterisch: „Missi, komm sofort hierher, wir spielen nicht mit Bastarden!"

Rums! Das hatte gesessen!

Umherstehende Spaziergänger, die dem lustigen Treiben der Hunde zusahen, kicherten oder schüttelten fassungslos den Kopf.

Missi wurde sofort an die Leine genommen und abgeführt. Sie drehte sich noch ein paarmal fiepend zu Robin um, aber es half nichts.

Wie gesagt, das war jetzt mal so ein Beispiel.

Eines Tages machten wir, mein Mann, Robin und ich einen Spaziergang am grossen Wannsee.

Der Schnee lag knöchelhoch, der Frost knabberte am Ohrläppchen, die Sonne bestrahlte uns und es war einfach nur schön! Robin tobte durch den Schnee und war glücklich, als endlich ein paar Hundekumpels auf ihn zu kamen.

„Alles Rassenhunde", seufzte mein Mann, der es irgendwie nicht wegstecken konnte, wenn jemand Robin ablehnte, nur weil er keinen adeligen Stammbaum hatte.

Natürlich kam es, wie es kommen musste. Irgendwann sagte einer der Hundebesitzer:
„Sie haben da aber einen wirklich sehr schönen Hund. Welche Rasse ist das eigentlich?"

Und bevor ich auch nur die Chance auf eine Antwort hatte, sagte mein Mann, total stolz:
„Das ist ein **kaukasischer Niederläufer.** Die sind hier wirklich sehr selten."

Haben Sie schon mal etwas von dieser Rasse gehört?
Wir auch nicht. Es kam aber extrem gut an.

„Besser einen Hund als Freund,
als einen Freund,
der sich als Hund herausstellt!"
(Russland)

Zeitfracht Medien GmbH
Ferdinand-Jühlke-Straße 7
99095 Erfurt, Deutschland
produktsicherheit@kolibri360.de